電車と
青春+初恋
文字のメッセージ 2009

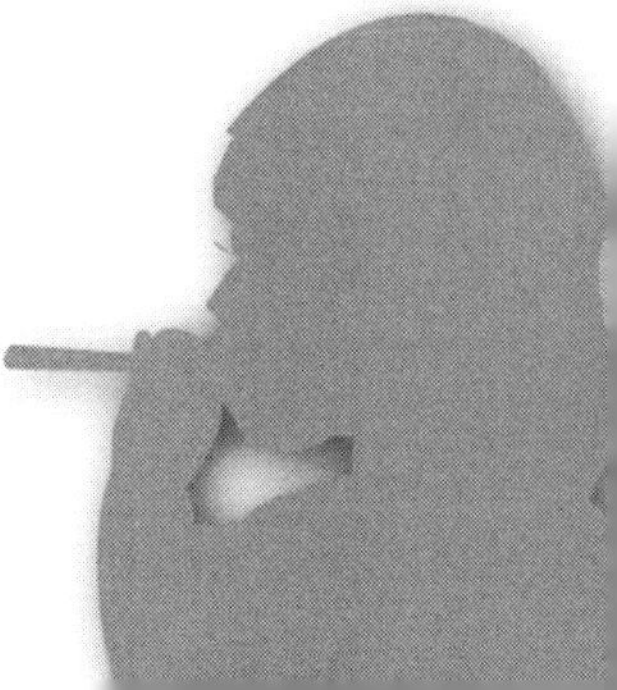

出発進行！

写真撮影
・新田敬師
・細井民和

近江神宮前
KEIHAN
617
50
膳所本町

行かないで、ドアが閉まれば言えるのに
Coca-Cola
Coca-Cola

石山寺
KEIHAN
KEIHAN
617
電車と青春＋初恋
21文字のメッセージ

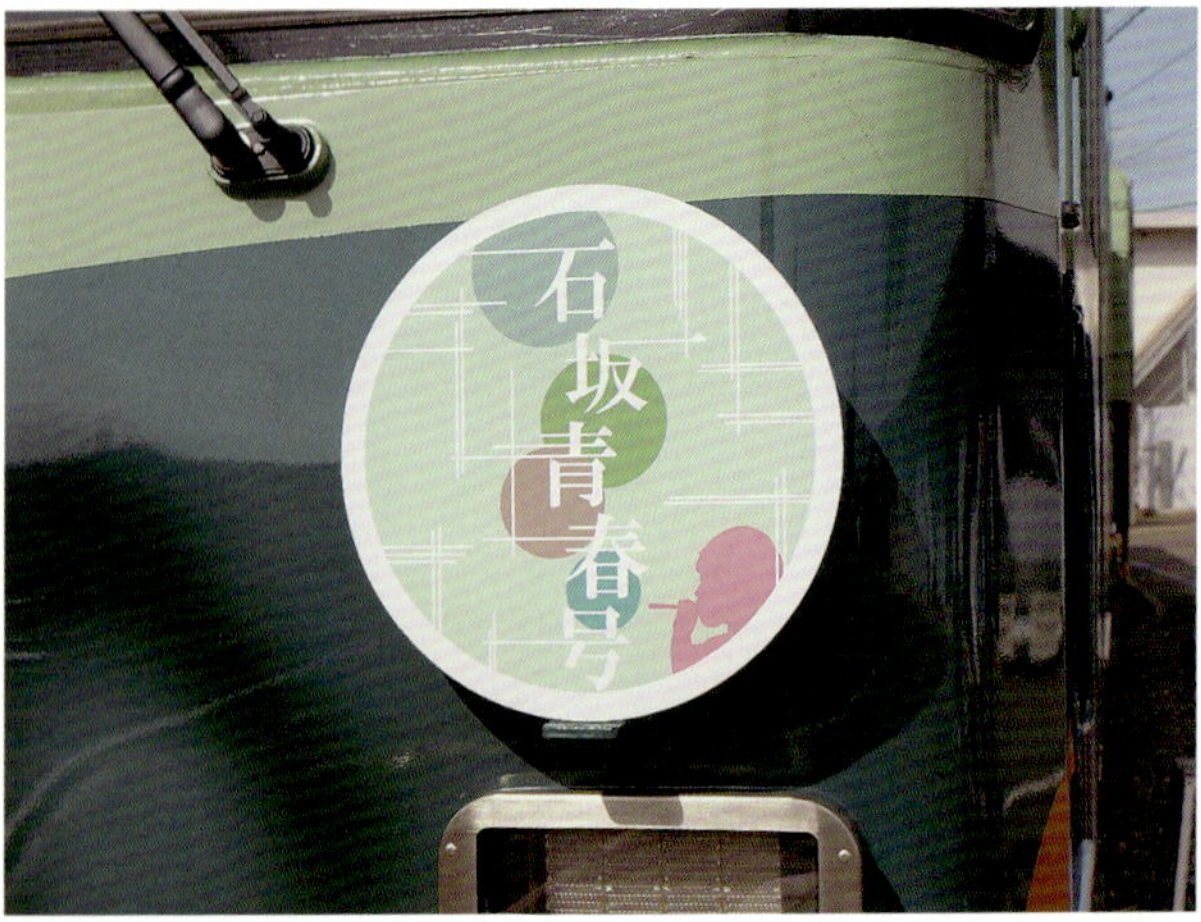
石坂青春号

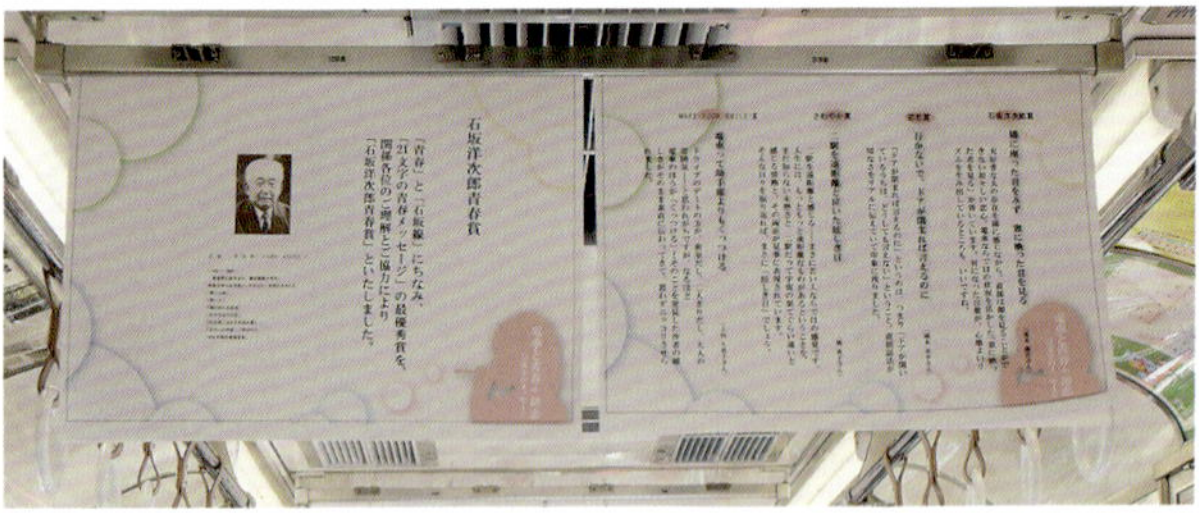
石坂洋次郎青春賞
「青春」と「石坂線」にちなみ、
「21文字の青春メッセージ」の最優秀賞を、
関係各位のご理解とご協力により
「石坂洋次郎青春賞」といたしました。

二駅を

KEIHAN
二駅を
遠距離と泣いた
眩しき日
Coca-Cola
CALPIS

君を見る
電車と青春＋初恋

MAKE YOUR SMILE!
助手席よりも
電車って
くっつけ

KEIHAN
電車と青春＋初恋
21文字のメッセージ

電車と青春＋初恋
21文字のメッセージ2009

もくじ

目次

石坂線とは……14
電車と青春＋初恋　21文字の青春メッセージ……16
石坂洋次郎青春賞……17
最優秀作品
石坂洋次郎青春賞……18

優秀作品
初恋賞 …… 20
さわやか賞 …… 22
MAKE YOUR SMILE！賞 …… 24
入賞作品 …… 27
応募者の声アラカルト …… 48
入選作品 …… 49
応募作品アラカルト …… 88
総評　俵万智 …… 90
あとがき …… 92

石坂線とは

石坂線（正式名称…石山坂本線）は、大津電車軌道株式会社により大正2年3月1日大津（現・浜大津）―膳所（現・膳所本町）間が開業したのが始まりです。その後、昭和2年1月21日には太湖汽船株式会社を合併（琵琶湖鉄道汽船株式会社を設立）するなど順次路線を延ばしていき、昭和2年9月10日現在の姿である坂本―蛍谷（現・石山寺）間が開通しました。そして、昭和4年4月11日京阪電気鉄道株式会社に合併しています。

終端の坂本―石山寺間14・1kmを、片道30分余りで運行。現在の利用者は一日3万数千人。朝夕は通勤通学の足として、昼間は沿線市民のかけがえのない足として、2両編成の各駅停車の小型電車がコトコトと走っています。

地元では、「いしざか線」「いっさか線」と親しげに呼ばれていて、電車が走るまちにしかない風景、匂いは、人の心にいつまでも残っています。まちの名脇役である電車、次はあなたのどんな場面で登場するのでしょうか。

電車と青春＋初恋　21文字の青春メッセージ

概　要　電車にまつわる青春時代の思い出は、誰の心にも強く残っています。そんな思いを全国から募集して1冊の本にまとめました。入賞作品は、琵琶湖畔を〝ことこと行く〟かわいい電車に載せて、町中《まちなか》を走るのが〝ごほうび〟という楽しい企画です。

応募総数　2017点（北海道から沖縄県まで47都道府県より応募）

応募内容　ハガキ　（730点）
FAX　（176点）
メール（1111点）

選考経過
・数次の審査を経て入選100作品を選定
・最終審査員の俵万智さんが、最優秀賞（石坂洋次郎青春賞）1点、優秀賞（初恋賞・さわやか賞・MAKE YOUR SMILE！賞）3点、入賞20点を選定

石坂洋次郎青春賞

「青春」と「石坂線」にちなみ、「21文字の青春メッセージ」の最優秀賞を、関係各位のご理解とご協力により「石坂洋次郎青春賞」といたしました。

石坂洋次郎氏（1900～1986）
小説家。青森県弘前市生まれ。慶應義塾大学卒。代表作「青い山脈」が映画化され大ブームとなる。他に「若い人」「陽のあたる坂道」「光る海」など青春文学の数々を書き記した。1966年菊池寛賞受賞。

最優秀作品　石坂洋次郎青春賞

隣に座った君を見ず
窓に映った君を見る

重本　健吾（大阪府　21歳）

石坂洋次郎青春賞

大好きな人の存在を隣に感じながら、直接は顔を見ることのできない初々しい恋心。電車ならではの状況を生かした「窓に映った君を見る」が効いています。対になった言葉が、心地よいリズムを生み出しているところも、いいですね。

（俵 万智）

優秀作品　初恋賞

行かないで、ドアが閉まれば言えるのに

橋本　美幸（宮城県　20歳）

初恋賞

「ドアが閉まれば言えるのに」というのは、つまり「ドアが開いているうちは、どうしても言えない」ということ。直接話法が、せつなさをリアルに伝えていて印象に残りました。

（俵 万智）

優秀作品　さわやか賞

二駅を遠距離と泣いた眩《まぶ》しき日

橘　真子（京都府　20歳）

さわやか賞

二駅を遠距離と感じる…まさに若い人ならではの感覚です。人生には、もっともっと遠距離なものがあるということを、まだ知らない未熟さと、二駅だって宇宙の果てぐらい遠いと感じる情熱と。その両面が、みごとに表現されています。そんな日々をふりかえれば、まさに「眩しき日」でしょう。

（俵 万智）

優秀作品　MAKE YOUR SMILE！賞

電車って
助手席よりもくっつける

太田　久美子（新潟県　23歳）

MAKE YOUR SMILE！賞

ドライブのデートのほうが、密室だし、二人きりだし、大人の雰囲気…と思われがちですが、なるほど電車のほうが「くっつける」！　そのことを発見した作者の嬉しさが、そのまま素直に伝わってきて、思わずニッコリさせられました。

（俵　万智）

京阪石坂線　21駅　14.1㎞

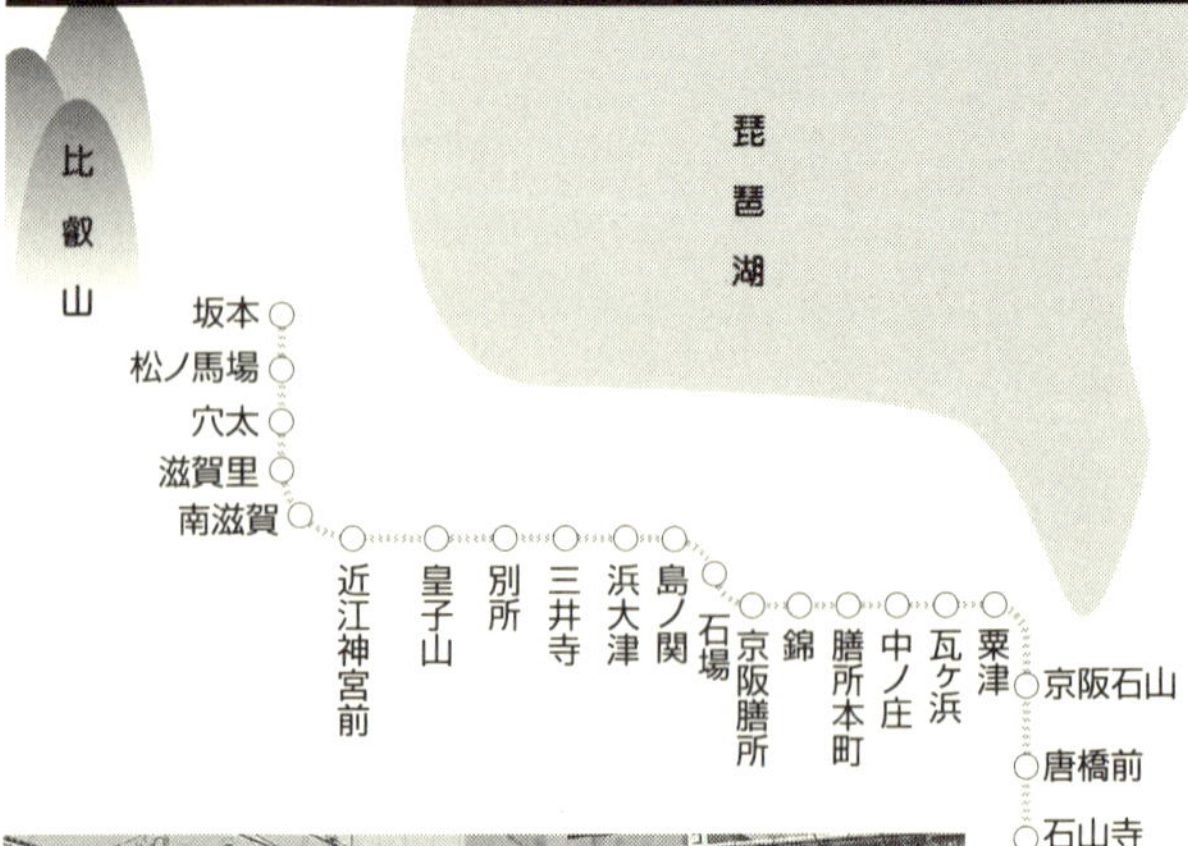

入賞作品

アナタが乗ってなきゃ、
あと10分寝れるのに

石川　祐介

（静岡県　30歳）

今まで気にならなかった駅
今日から特別になる

伊藤　圭子

（岩手県　37歳）

目が合った瞬間、
電車の音が消えた。

岩中　幹夫

（岡山県　32歳）

肩が触れた瞬間、
吊革で心臓を支えました。

甲斐　麻里恵

（広島県　24歳）

次々と車窓に映る名場面。
心の映写機稼働中！

熊本　大介

（東京都　36歳）

初恋は
ひと駅だけの　王子様

九万鈴《くまりん》

（兵庫県　48歳）

今日もまた　友達のまま
電車は君を乗せてった

住　直子

（京都府　33歳）

あの駅で降りれば
今でも君に会える気がして

曽我　麻絵

（愛知県　25歳）

流れる景色観る振りをして
視界の隅に君を観た

田中　政徳

（東京都　43歳）

反対ホーム　気付いて　気付いて
視線の線路

遠山　瞳

（千葉県　25歳）

あきらめて座る遅刻電車の
いつもと違う顔ぶれ

中野　弘樹

（埼玉県　62歳）

君と一緒だった通学電車
今は一人で通勤電車

橋爪　翠

（大阪府　22歳）

君と乗る電車、
二人掛けの椅子がただ嬉しくて

萬上　葉也加

（滋賀県　18歳）

待ち合わせなんて必要ない
また、この電車で

平野　玲

（東京都　21歳）

のる・すわる・おりる・
こいする・おとめする

本田　しおん

（東京都　17歳）

同じ電車の定期券
持ってるだけで嬉しかった

マユミ

（兵庫県　33歳）

あの人と、
京津《けいしん》のＳ字で、急接近

三好

（京都府　40歳）

ホームで待つ君を思って
電車は普通　心は特急

森嶋　葉

（京都府　19歳）

網棚に忘れた
恋に時効なし

涙紅《るいこう》

（埼玉県　73歳）

乗った車両に　あなたがいるかで占う
今日の運勢

渡辺　綾子

（広島県　24歳）

応募者の声アラカルト

（岐阜県　Oさん　44歳）

今回初めてチャレンジして見ました。特に高校生の頃は電車通学でいろんな思い出があります。どの時代も電車内の彼らはキラキラしてると思います。（大阪府　Kさん　26歳）

こんな遠い昔の甘っぽい記憶は切なく、泣いたのもよい想い出。（大阪府　Tさん　43歳）

学生時代の修学旅行、新婚旅行、還暦旅行と京都に来ました。比叡山、琵琶湖を訪れ歴史・青春を感じました。（神奈川県　Tさん　63歳）

高校時代、違う高校に通っていた彼の姿がちょっとでも見たくて、所属していた陸上部の朝練習がない日も早起きして始発に乗ったことを思い出します。（石川県　Mさん　34歳）

「ちがう席　座る私を　さがす君」
通学路で毎朝同じ電車で気になる男の子がいました。お互いなんとなく意識はしているものの、会話をしたことがありませんでした。あちらはクラブ!?の男の子４～５人といつも一緒だったからかもしれません。ある日私は、わざと隣の車両に乗って彼が心配してくれるのを待っていました。その時の淡い思い出です。あの時の彼の「あっ　いた!!」というような照れくさそうな表情が忘れられません。青春の思い出です。（埼玉県　Yさん　43歳）

入選作品

作ったお弁当は二人分
電車は春色 風は湖色《うみいろ》

石井 かおり（大分県 47歳）

寝グセで通学 そんな朝を変えた
電車の恋

石田 奈津子（東京都 29歳）

向かいのホームを見つめてる
朝の八時は恋時刻

石原　英里子

（千葉県　26歳）

電車はね一人で乗るより
皆で乗ったが楽しいね

植木　凛

（福岡県　12歳）

定期券盗み見してみる
降りる駅

江口　龍太
（千葉県　41歳）

恋占い
「この先カーブが続きます」どきっ！

N・A
（滋賀県　49歳）

眠いね、って頭預ける、
照れ屋の僕らの甘え方

遠藤　有希

（宮城県　23歳）

電車の走る線路のように
青春もきっと続いてる

岡　ひなの

（福岡県　13歳）

駅の名前と君の名字が同じで
よく笑ったね

荻《おぎ》 紅花《べに》 （群馬県 53歳）

告白の後、
電車の音しか覚えていない。

奥川 晃好 （和歌山県 39歳）

楽しい事も悲しい事も
全部知ってるこの駅は

奥川　美和（和歌山県　37歳）

駅舎の燕《つばめ》、
来年も一緒に見られるといいな

押田　明子（埼玉県　39歳）

電車の揺れが嬉しかった。
背中あわせの君と僕

会野　桂子

（東京都　32歳）

大好きだった一両目
告白されて乗れなくなった

紙川　千華

（京都府　43歳）

自宅から　ひと駅前で
降ろす恋

上中　直樹

（千葉県　29歳）

今でも好きな彼の駅
スピードあげて通過します

カワイ　フヅキ

（神奈川県　28歳）

「ペンキぬりたて」
貼ってありそな駅の空

川野　忠夫

（群馬県　61歳）

向いの君のきちんと並んだ
膝小僧に恋したんだ

川原田　民子

（三重県　44歳）

照れ隠しに喋り過ぎたのは、
告白後の駅でした

川村　めいこ

（埼玉県　28歳）

次の駅までには次の駅までには
きっかけ作り

河本　康孝

（愛媛県　42歳）

『今だ』と思ったその時が、
未来への発車時刻

菊地　瞳（神奈川県　17歳）

息白くプラットホームの
恋の手話

木本　康雄（大阪府　71歳）

運命の出会い　起こしてくれた
遅延に感謝

桐井　睦美（滋賀県　19歳）

頑張れ！と恋する友達、
見送るホーム。

櫛谷　真未（滋賀県　18歳）

恋だけは
白線の内に　収まらない

窪田　潤

（神奈川県　23歳）

春夏トキめき秋切なげ。
揺れる車内で冬過ぎる

桑嶋　幹人

（滋賀県　33歳）

早起きは貴方に会える
三文以上のお得です

桑田　しずか
（三重県　42歳）

頑張って早起きしてる
私にそろそろ気付いてね

小島　千夏
（宮崎県　23歳）

最後まで　駅名だけで
本名を知らずに終わったね

後藤　順
（岐阜県　56歳）

窓に顔つけ
笑いながら別れた遠い日

斎藤　しのぶ
（埼玉県　45歳）

拝啓あなたの青春は
もう夢の駅に着きましたか

坂口　友廣

（長崎県　22歳）

見慣れた景色と裏腹に、
いつもと違う君がいた

笹野　慧一

（滋賀県　18歳）

頭ゆらゆら君の肩ごめん。
ホントは寝たフリで

佐藤　菜美

（宮城県　24歳）

窓越しに口パクで
会話交わしたあの恋の思い出

重松　理恵

（兵庫県　35歳）

あと2駅のあいだに、
ゴメンネって言おう

島津　静香

（東京都　28歳）

このアナウンスが
終わったら　告白…します

嶋田　未起子

（大阪府　29歳）

発車まで　来るか来るかと
ドアーの前

出張修理人！
（岡山県　48歳）

今朝もまた「よお！」で始まる
電車の挨拶

鈴木　優花
（兵庫県　22歳）

彼とのおでかけ！
両思い切符でないかなぁ～

鈴木　由美（東京都　24歳）

青春は、各駅停車
扉の開かないこともある

早乙女　健太郎（神奈川県　47歳）

おはようの　4文字だけの
私の初恋

たいらすすむ（東京都　56歳）

横顔見ていたいから
ひとつ違うドアに乗ったの

高木　道子（千葉県　46歳）

君の悲しみや笑顔も一緒に、
ただいま運搬中

高嶋　浩太郎

（東京都　42歳）

10年後たぐり嫁いだ、
レールに沿う赤い糸。

嶽野　弘子

（山口県　38歳）

あなたが好きだという
心の扉は閉まりません

田中　克則
（和歌山県　29歳）

遅刻王、
そんな僕が変わった初恋電車

津下　数郎
（東京都　29歳）

つり輪の中
見えし君をフォトにして帰りたし

津島　玉枝（滋賀県　49歳）

もっと揺れていいよ。
触れる肩先馴染むから。

辻　紀子（愛知県　35歳）

線路のリズム鳴る胸の
ぼくの車両は君で満員

藤堂　直紀

（京都府　34歳）

君を乗せる電車に
「切なさ」の意味を知る

戸成　紀美子

（愛知県　30歳）

俺達の　全て知ってる
通学電車

中崎　明子（大阪府　39歳）

電車に乗ると貴方をさがす癖
今でも直りません

中静　美智子（新潟県　56歳）

電車は大きな揺りかご
大丈夫と励ましてくれる

中原　かおり（神奈川県　45歳）

ドキドキ。揺れる、わたし。
ふれる、あなたに

中間　宇乃（鹿児島県　30歳）

君がそばにいるもんで
いつもより私マナー美人

中村　亜由美
（岩手県　22歳）

後ろ髪　引かれて降りる
坊主刈り

西沢　喜文
（兵庫県　58歳）

一駅違いの彼から、
次の電車乗れとのメール

橋本　なお

（福島県　28歳）

毎朝のいつもの席にその笑顔、
おはよう

原　晴彦

（愛知県　45歳）

ここで出会ったよね、
なんて言えたら素敵だね

原田 一恵
（埼玉県 24歳）

つり皮を
そっと譲られ恋をする

廣瀬 輝子
（滋賀県 64歳）

彼との電車
恋の終わりと共に廃線

藤咲　香織
（茨城県　27歳）

頭の上のつり輪が夕日に照らされ
君が天使に

藤田　徹郎
（新潟県　45歳）

あなた行きの電車に
乗り遅れたようです

穂苅　敏

（北海道　44歳）

彼の目線の景色を知りたくて、
吊り輪で懸垂。

前田　千織

（青森県　31歳）

君がいる。
朝好き！駅好き！電車好き！

牧瀬　隆

（鹿児島県　44歳）

電車で読んでと渡されて
涙でにじんだ 友の手紙

松岡　知子

（京都府　24歳）

彼見たさ
朝練ないのに　始発乗り

圓井　珠子（石川県　34歳）

定期券の有効期限が
大好きな人の誕生日

満仲　聡之（茨城県　29歳）

車窓に眺めてた。
空みたいに自由な貴方の心。

八木 まどか

（滋賀県 28歳）

告白に一年分の呼吸
使い果たしたあの駅

山内 民子

（福岡県 52歳）

一つ離れた駅で降り
二人で歩く　帰り道

山下　茜

（神奈川県　26歳）

せめてひと駅
画面見ないで　視線ください

山下　雅子

（和歌山県　52歳）

平日限定電車デート。
この時間が私の宝物だよ

山田　優花

（福岡県　23歳）

車窓に映る君と僕
流れる景色に溶けてゆきたい

山中　一輝

（三重県　25歳）

電車が速度を緩めると心拍数は加速
次は君の駅

山本　文子

（静岡県　52歳）

毎朝の通勤ラッシュで
父の偉大さ思い知る

脇山　智加

（兵庫県　17歳）

今年も多くの学校で授業に取り上げられた 21文字メッセージ

全国のいくつかの中学、高校、専門学校で今年も授業の課題に「青春メッセージ」を取り上げていただきました。今年の大賞は大阪コミュニケーションアート専門学校の授業課題で取り組んで応募された、重本健吾さんの作品でした。マンガやCMなどのストーリー創りを学んでいるとのこと。

その他福岡県の諏訪中学校からも2名の入選がありました。

地元大津の大津商業高校3年のMさんの場合、学校からは、課題として各自1点づつの作品をまとめて送られてきましたが、Mさんはあまりにも多くの作品ができたからと、別に下記の作品を自ら送ってこられたのです。

・桜咲く春　色づく京阪電車　私の恋模様
・カンカンと踏み切りなれば　始まる朝の戦争
・真夏の京阪　電扉が開けばパラダイス
・この空の下　みんなの愛する京阪電車
・三月一日　ありがとうと言いたい京阪電車
・京阪乗るのもラストの三年生　青春ありがとう

今年の3月1日㈰は同校の卒業式でした。最寄駅から花束を持った生徒たちがたくさん乗り込んできました。Mさんもそんな制服姿の中の一人だったのでしょう。

電車と結婚

応募作の中には『電車で知りあったことがきっかけで結婚しました。』という作品もよく寄せられます。「主人《あなた》と出逢った通学電車　今は息子が初恋中」という作品もあります。

以前働いていた職場の所長さんは、電車通勤で一目ぼれした人。告白して、今はその人の奥さんです。
（千葉県　Sさん　37歳）

「京阪で　三度会ったら　恋におち」
30年も昔の話です。通学路が同一方向で京阪電車の中で短期間に3度、彼と乗り合わせました。それがきっかけとなり付き合い始めたのでした。仕事の関係で現在は関東に住んでいますが、今も時々主人と京阪電車で会った話でほんわかするんですヨ
（東京都　Nさん　50歳）

電車と青春+初恋
21文字のメッセージ2009

総評

俵万智

電車や駅は、青春の舞台であることを、今回もたっぷり味わいながらの選考となりました。出会い、別れ、初恋、思い出……。今日も、さまざまなドラマを乗せて、電車は走っていることでしょう。今年は特に、若い人の健闘が目立ちました。もしかしたら携帯メールの効用でしょうか。短い言葉で表現することに、とても慣れていて、積極的だなあと感じました。

俵 万智（たわら まち）

歌人・1962年大阪府生まれ。

早稲田大学在学中より、歌人佐佐木幸綱氏の影響を受けて短歌を始める。1986年、作品「八月の朝」で第32回角川短歌賞受賞。1987年、第一歌集「サラダ記念日」を出版、260万部を越えるベストセラーになる。1988年、「サラダ記念日」で第32回現代歌人協会賞受賞。2004年 評論『愛する源氏物語』で第14回紫式部文学賞受賞。第四歌集「プーさんの鼻」（文藝春秋）で2006年 第11回若山牧水賞受賞。歌集の他、小説『トリアングル』、エッセイ『あなたと読む恋の歌百首』『百人一酒』など著書多数。最新刊は「かーかん、はあい子どもと本と私」（朝日新聞出版）

公式ホームページ● http://www.gtpweb.net/twr

あとがき

「あの学校の、あの娘の乗ってくるあの時間の電車、いつも同じドアの傍《かたわ》らに乗っていた」と30代の男性が少年のような笑みを浮かべました。

「電車に対してこんな思いを持っている人はきっとたくさんいるだろう、そんな思いをいっぱい集めて〝青春・初恋の想い〟を書いた電車を走らせよう」という企画が大津の石山坂本線で生まれたのは2006年でした。

3回目となりました「電車と青春＋初恋　21文字のメッセージ」。この募集には、毎回、全国の中学や高校から「選択国語の時間に課題として生徒がつくりました」などという先生の添え書きとともに団体で応募をいただいています。

今回「石坂洋次郎青春賞」に選ばれたのも大阪の専門学校からの応募でした。「学校の授業の課題に使っていただく」ことなど、当初私たちのグループでは想定していませんでしたが、大変うれしくありがたく思っています。

「京阪は向かい合わせの席が青春っぽいから好き！」という中学1年女子生徒の言葉にあるよう、「青春」まっ最中の若い人たちにとって、自分の気持ちを素直に表現する機会として捉えていただいているようです。また、電車という多くの人が時間を共有する特別の空間が、熱く凝縮した気持ちを表現するのにふさわしいのかもしれません。

このメッセージ募集は21文字以内という規定ですが、年配の方には最初から文字数を無視して（もちろん本人も認識の上）でも電車に関する青春の思い出を書いて送ってくださる方があります。青春時代のほのかな胸に秘めていた思いの「小箱」をこのメッセージ募集で開いてみた、という感じで私たちも受け取っています。

また、はがき、ファックス、メール、携帯メール（公募ガイド社ご協力）で募集していますが、毎回携帯メールでの応募が最も多くなっています。審査員の俵万智さんもおっしゃっていますが、「短い文で表現することになれた人々が増えた」時代なのでしょうか。

「地域に親しまれ愛される鉄道でありたい」と願っている京阪電鉄の石坂線。

電車の車体や車内の吊り広告スペースに書かれたメッセージが、見る人にほのぼの感、胸キュン感を呼び起こす。見た人がひとときでもほっこりしていただければ幸いです。

2009年3月

石坂線21駅の顔づくりグループ
福井美知子

※**石坂線21駅の顔づくりグループ**…京阪電鉄石坂線は14・1㎞の区間に21の駅があり、20校近くの中・高・大学の最寄り駅となっている通学路線。2003年より沿線各校・団体の作品掲示板を駅に設置したり、電車を使った文化祭を開催するなど、市民の足である電車を活かしたコミュニケーションづくりの活動を行っています。

●今年の青春メッセージ入賞作品を掲示した電車は、2009年3月8日から29日まで石山坂本線を運行。

●この取り組みは、NPOと企業の協働事業を評価する「第5回パートナーシップ大賞」グランプリを受賞(2007年11月)。

●グループの活動は、全国のすぐれた地域活動を表彰する「あしたのまち・くらしづくり活動賞」まち・くらしづくり活動部門で内閣官房長官賞を受賞(2008年12月)。

主催… 石坂線 21 駅の顔づくりグループ

協力… 京阪電気鉄道株式会社大津鉄道事業部
青森県弘前市郷土文学館
秋田県横手市石坂洋次郎文学記念館
京都芸術デザイン専門学校　空間デザインコース

協賛… カルピス株式会社
コカ・コーラウエスト株式会社
社団法人びわ湖大津観光協会　物産部会

電車と青春＋初恋　21 文字のメッセージ 2009

2009 年 3 月 20 日発行

編集・発行／石坂線 21 駅の顔づくりグループ
〒520-0002
滋賀県大津市際川 3 丁目 36-10

発　　売／サンライズ出版
滋賀県彦根市鳥居本町 655-1
http://www.sunrise-pub.co.jp/
TEL0749-22-0627　〒522-0004

印　　刷／サンライズ出版

ブックデザイン／岩﨑紀彦

ISBN978-4-88325-386-9

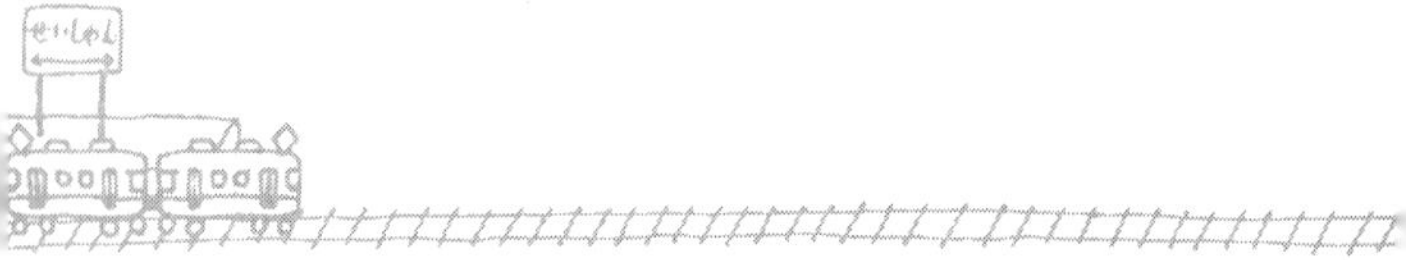

コカ·コーラ ウエスト株式会社〈コカ·コーラ指定会社〉
http://www.ccwest.co.jp/
Coca-Colaは The Coca-Cola Company の登録商標です。
Try Me!
I like you.
thirsty?
Coca-Cola Happy
Coca-Cola®